FOLIO JUNIOR

HISTOIRE COURTE

Ce texte a été précédemment publié dans la collection « Drôles d'aventures »
aux éditions Gallimard Jeunesse.

Arthur Ténor

Jeux de surprises à la cour du Roi-Soleil

Illustré
par Jérôme Brasseur

FOLIO JUNIOR
GALLIMARD JEUNESSE

août 2006

A Nathalie, ma marquise au papillon

I
Le défi est lancé
Paris, juin 1683

Ambroise Bonnadieu prit le marteau posé sur son établi. Il le souleva, essayant de le maintenir immobile quelques secondes au-dessus de la semelle d'une bottine. L'outil tremblait entre les doigts noueux du vieux savetier. Il le reposa, découragé, et regarda ses mains décharnées. « Deux ans de plus, il faudrait tenir encore deux ans. Mon Jocelyn n'est pas prêt ; il ne peut pas me remplacer. Heureusement, l'ancien propriétaire de l'échoppe lui a appris à lire et écrire », pensa-t-il.

Tout à coup la porte s'ouvrit et fit tinter la clochette de cuivre. Un garçon de douze ans à peine, le regard vif, encadré d'une abondante chevelure brune, pénétra dans la minuscule boutique.

– Grand-père, je viens de croiser notre logeuse, elle réclame encore ses loyers. Je lui ai raconté... Mais qu'y a-t-il ? Tu ne te sens pas bien ?

– Si, si, je vais bien... aussi bien que mes vieux os me le permettent. Assois-toi, mon petit, il faut que nous parlions.

Le vieil homme tendit sa main toute tremblante.

– Vois où j'en suis. Ma main est devenue si faible qu'elle ne peut plus tenir un marteau. Je suis...

– Je t'aiderai ! Je le tiendrai, moi, le marteau !

– Le problème, Jocelyn, c'est qu'il faut connaître le métier. Si tu veux prendre ma suite, tu dois d'abord entrer en apprentissage auprès d'un compagnon savetier chez qui tu seras logé et nourri en échange de ton ouvrage.

– Mais, grand-père, je ne peux pas te laisser tout seul ! Qui s'occupera de toi ? Qui criera dans la rue pour qu'on t'amène du travail ?

– Ne te soucie pas de mon sort. Je trouverai asile en quelque hospice de charité...

– Quoi ? Tu voudrais que je t'abandonne dans un de ces culs de l'enfer ! s'écria Jocelyn, les joues empourprées.

Les larmes lui montaient aux yeux. Il serra les poings et déclara d'un ton résolu :

– Grand-père, tant que j'aurai du sang dans les veines je ne permettrai jamais ça !

– Allons, calme-toi. Ce n'est pas si grave... De toute façon, nous n'avons pas le choix. Depuis des semaines, mon travail est si médiocre que je perds mes clients les uns après les autres. Et... nous n'avons plus un sol pour payer notre logeuse.

Un lourd silence s'abattit. Jocelyn, le regard fixe, essayait de trouver une solution. Une pensée s'échappa dans un murmure :

– Il nous faut de l'argent, à tout prix.

Dans l'après-midi de ce triste jour, Jocelyn vagabondait au hasard des ruelles, le regard à l'affût d'une idée, une occasion de trouver de quoi survivre. Quand soudain, au détour d'une rue, il évita de justesse un carrosse orné de moulures dorées et d'armoiries

surmontées d'une couronne d'or. La voiture s'immobilisa. Sans réfléchir, Jocelyn bondit sur le marchepied, écarta le rideau de la fenêtre, passa le haut du corps dans l'habitacle et s'écria :

– Une pièce d'or et vous sauverez deux bons chrétiens !

Dans le carrosse, une femme poussa un « oh ! » d'indignation. Face à elle était assis un jeune garçon coiffé d'un élégant chapeau à plumes.

– Arrière, manant ! On n'importune pas un fils du Soleil ! s'exclama-t-il.

Jocelyn le fixa droit dans les yeux et répliqua :

– Je ne suis peut-être que fils de savetier, monseigneur, mais j'ai dans le cœur plus de grandeur que bien des gens de votre hauteur.

Surpris, le garçon eut un haussement de sourcil.

– Voyez cela, un pouilleux qui fait des vers ! se moqua-t-il.

– Et qui saurait vous en montrer plus encore, mais pour l'heure il me faut de l'or.

– Montrez d'abord, et vous aurez votre or.

– Montrer quoi, monsieur ?

– Étonnez-moi, que diable ! monsieur le Pouilleux !

– Alors à plus tard, monsieur… le Précieux !

L'entretien s'acheva là. Un des laquais saisit l'importun par la taille, l'arracha du carrosse. La tête du fils du Soleil apparut à la fenêtre de la voiture. Les deux enfants se jaugèrent quelques secondes. Soudain Jocelyn s'écria :

– Monseigneur, qui êtes-vous ?

– Louis-Auguste de Bourbon, duc du Maine. Et vous ?

– Ambroise-Jocelyn de Bonnadieu… duc de la Savatière !

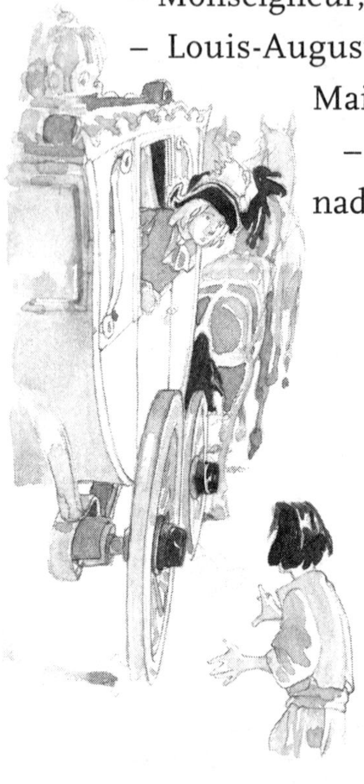

2
En route pour l'aventure

– Mais tu es fou, Jocelyn ! Tu veux donc qu'on finisse au cachot ! Importuner un duc est déjà grave, mais le traiter de précieux c'est... comme insulter le roi lui-même !

Ambroise Bonnadieu était furieux, mais Jocelyn savait que c'était parce que son grand-père avait peur.

– Parle-moi de ce duc du Maine. Est-il vraiment un fils du Roi-Soleil ? enchaîna-t-il.

– Oui, enfanté par madame de Montespan. Le roi l'a légitimé en 1673. C'est le préféré de ses enfants. Pourtant la nature n'a pas gâté ce malheureux : outre son pied-bot, on le dit de santé fragile.

– Que dit-on encore de lui ? Je veux tout savoir.

– Que veux-tu que je te dise, mon petit ? C'est à ces messieurs de la cour qu'il faudrait poser tes questions. J'ai entendu dire qu'il n'est pas méchant garçon. On le prétend aussi très cultivé pour son âge.

– Et la cour, grand-père, comment est-ce ?

– Je n'y suis jamais allé. Il paraît que c'est un vrai nid de vipères, tout de rubans et de dentelles vêtues. Il est vivement déconseillé de se frotter à ce monde-là si l'on n'y est pas né.

– Où vit-elle cette cour ?

– A Versailles, en un palais où l'or ruisselle des murs... où les jardins sont parsemés de fontaines prodigieuses.

– C'est facile d'y entrer ? questionna encore Jocelyn.

– Ce n'est pas un lieu clos, mais aurais-tu dans l'idée d'aller y traîner tes savates ?

– Moi ? Oh non !

3
Le réveil de Versailles

Cependant Jocelyn avait déjà commencé à préparer son expédition. Quelques jours plus tard, il rédigea un mot pour son grand-père et quitta leur minuscule logement bien avant l'aube. L'air vif du dehors le saisit au visage mais il sourit ; dans quelques heures, il serait à la cour de France !

Le jour se levait à peine quand il parvint devant les grilles du château de Versailles. Il était affamé et frigorifié. Dans son empressement à aller se frotter aux ducs et aux duchesses, il avait oublié de mettre dans sa besace de quoi tenir le coup. Lui qui déjà ne mangeait pas tous les jours à sa faim...

Un luxueux carrosse entra dans l'avant-cour. Il déposa plusieurs dames enveloppées dans des manteaux d'étoffes précieuses, accompagnées de messieurs vêtus de pourpoints galonnés d'or et coiffés de chapeaux aux plumes légères comme des nuages. Jocelyn observait leurs épées, songeant combien il aurait aimé porter ce suprême insigne de noblesse. Puis il aperçut un mitron... Jocelyn préféra fermer les yeux. Le garçonnet transportait sans doute dans son énorme panier d'osier des pains blancs et des brioches dorées...

Il fallait qu'il trouve un moyen d'entrer. Il remarqua que les gardes filtraient les visiteurs sans grande sévérité. Voitures, cavaliers, artisans entraient ici comme dans un moulin. Alors peut-être que les savetiers...

Prenant son courage à deux mains, il décida de franchir résolument la grille. Plus il s'engageait, plus le risque grandissait. Embastille-t-on un savetier qui aurait tenté de s'introduire dans la maison du roi ?

Il allait gravir quelques marches menant à une cour de marbre, quand l'ouverture violente d'une porte à droite le fit sursauter. Des valets en livrée bleue sortirent avec précipitation, houspillés par un homme un peu plus âgé.

– Pardon, monsieur, que se passe-t-il ? osa Jocelyn.

– Sa Majesté s'est éveillée bougonne car elle a mal dormi. Elle souhaite être massée avant les grandes entrées.

Jocelyn s'interrogea sur ces grandes entrées. S'agissait-il des pains briochés du petit déjeuner ?

Il hésitait à entrer dans le château, il préférait commencer par visiter les extérieurs. Il s'engagea dans une galerie qui traverse l'un des bâtiments. Au bout, un spectacle l'attendait, grandiose.

Un fantastique édifice s'étirait majestueusement vers le sud. Jocelyn avait cru voir depuis les grilles l'essentiel de la demeure royale, il n'en avait vu que le quart ! Pour se faire une idée de l'ensemble du chef-d'œuvre, il dirigea ses pas vers le nord. Et il décida d'explorer les jardins. Il aurait aimé savoir jusqu'où ils allaient, mais

Jeux de surprises à la cour du Roi-Soleil

il lui fallut bientôt renoncer. Le plan d'eau principal, face à la terrasse du château, était à lui seul si vaste qu'on aurait pu y naviguer en goélette. Stupéfait, Jocelyn aperçut des gondoles et un vaisseau de guerre en réduction, à trois batteries de canons !

Après deux heures de marche, étourdi, il se laissa tomber sur un tas de sable. Il n'avait jamais eu aussi faim. Il sentait ses jambes trembler comme les branches d'un jeune bouleau sous le vent, quand il aperçut un mouvement devant le château et des gardes vêtus d'un uniforme bleu et rouge.

C'était la cour. Oubliant sa faiblesse, il se releva et marcha aussi vite que possible vers ces personnages dont on disait tant de choses.

Il gravit l'escalier menant à la grande terrasse où la cour se réunissait, comme à l'entracte d'un spectacle. Un garde lui fit les gros yeux et Jocelyn alla s'asseoir à l'écart. Il percevait le murmure des courtisans. Tout à coup, la foule s'écarta et une femme d'assez petite taille, engoncée dans une robe de soie écrue apparut. C'était la reine Marie-Thérèse ! Un cortège de dames et de jeunes filles la suivait. Chacun de ses sourires et de ses gestes semblait calculé. On s'inclinait devant elle. On répondait avec respect à ses questions...

Sans s'en rendre compte, Jocelyn se leva et s'approcha de quelques pas. Une dame d'une grande beauté s'avançait vers la reine. Il saisit un nom, madame de Montespan, la favorite du roi. Jocelyn songea à son défi : étonner le fils du roi et de cette dame...

Sa vue se brouilla, les sons devinrent lointains, il sentit un choc... Les ténèbres envahirent son esprit.

4
Nicolas le pâtissier

– Hé, gamin !

Jocelyn ouvrit les yeux. Un brouillard éblouissant l'obligea à les refermer.

– Mordieu ! il revient. Eh ben, c'est pas trop tôt. Nicolas, occupe-toi de lui.

– C'est que... j'ai pas fini ma pâte à choux.

– Je t'ai pas dit de t'en occuper toute la journée. Donne-lui de quoi reprendre des couleurs, et ensuite, dehors !

– C'est pas lui qui va se faire botter les fesses si la pâte est pas prête… grommela une voix d'adolescent.

– Où… où suis-je ? murmura Jocelyn.

– Dans les cuisines de l'enfer !

– Quoi ? !

Nicolas éclata de rire.

– Allons, calme-toi et bois ce bouillon.

Apprécie-le, car c'est le même que celui qui coule en ce moment dans le gosier de notre roi.

Jocelyn appréciait tout en dévisageant son bienfaiteur. C'était un garçon d'au moins quinze ans, presque un jeune homme. Son sourire était amical, son regard franc et rieur.

– Bonjour, qui es-tu ? demanda Jocelyn.

– Nicolas, pâtissier au service de Sa Majesté. Et toi ?

– Jocelyn Bonnadieu, savetier au service de personne. Où sommes-nous ?

– Je te l'ai déjà dit, dans les cuisines de l'enfer ou, si tu préfères, du château de Versailles.

Jocelyn regardait, éberlué, le ballet des marmitons, sauciers, valets de services, officiers de bouche... des dizaines d'hommes qui s'agitaient, se croisaient, se bousculaient, criaient, s'invectivaient autour de gigantesques fourneaux fumants. Fasciné par autant de nourriture, il admirait les faisans qu'on farcissait, les cochons de lait qu'on apprêtait pour le four, les lapereaux, les montagnes de fruits, les vasques de friandises...

– Vous devez préparer un sacré banquet !

– Un banquet ? s'exclama Nicolas. Tu rigoles, y'a à peine de quoi satisfaire l'appétit de Sa Majesté.

– Tu me fais marcher.

– Tu veux connaître le menu du déjeuner au petit couvert que le roi prendra à treize heures précises ?

Il se concentra un instant, puis récita comme un officier de bouche :

– Pour commencer, Potage : deux chapons vieux et quatre perdrix aux choux. A suivre, Petit Potage : six pigeonneaux de volière pour bisque, deux potages hors d'œuvre. Ensuite et sans tarder, Entrée : un quartier de veau et

une pièce autour, le tout de vingt livres au moins et douze pigeons pour tourte. A suivre, Petite Entrée : poulets...

– Pitié, Nicolas, je vais encore défaillir. Mais dis-moi, comment suis-je arrivé ici ?

– Monsieur a eu la bonne idée de choir à deux pas des jupes d'une marquise. Celle-ci a le cœur tendre et a dû apprécier le mignon brin d'homme qui s'est effondré sur la terrasse du palais. Par chance, un garde suisse a diagnostiqué une faiblesse liée à un estomac vide. Alors la noble demoiselle t'a fait porter directement ici afin qu'on te redonne vie.

– Il faudra absolument que je la remercie. Mais… comment s'appelle cette… mmm, marquise qui m'a sauvé ? demanda Jocelyn en dégustant une cuisse de chapon.

– Mathilde de La Roche-Montelle, à ce qu'on m'a dit. Méfie-toi quand tu la verras, elle est jolie à…

– NICOLAS ! La pâte à choux, presto ! ordonna un homme avec un fort accent italien.

– Ne bouge pas, Jocelyn. Je viendrai te chercher dès que je pourrai. On ira se promener dans le château.

– *Dans* le château ! s'exclama le garçon comme s'il avait mal entendu.

Son ami pâtissier était reparti à ses obligations sucrées. Il était déjà dix heures quand il revint auprès de lui.

– Tu ne t'es pas trop ennuyé ?

– Non, vraiment pas, répondit Jocelyn avec sincérité. Dis-moi, est-ce que tu crois qu'on me prendrait pour aider, si je me proposais ?

– Tu rigoles ! N'entre pas au service du roi qui veut. Il faut être recommandé, montrer des certificats, avoir de l'expérience. On se bat tous les jours pour se faire embaucher.

– Ah... dit Jocelyn, déçu.

– Mais tu peux aller porter un cierge à la Sainte Vierge, vieux veinard, parce que moi je suis un peu comme un maître ici : quand un de mes amis cherche un petit bout de place, je la lui trouve...

– NICOLAS ! Et la crème à la vanilla ? Et le loupio, là ! Tou crois qu'y va rester là les bras croisés ? Trouve-loui oune tablier i presto ! presto !

Le pâtissier saisit Jocelyn par un bras et l'entraîna dans une salle tout en longueur servant de vestiaire.

– Tu vois ce que je te disais. Ici, je fais la pluie et le beau temps. Bienvenue à Versailles, petit miraculé !

5
Splendeur et stupeur

L'après-midi était bien avancé lorsque les deux amis furent enfin autorisés à prendre une pause. Ils se changèrent en hâte et regagnèrent l'air libre en courant et en riant.

– Ah ! enfin le soleil, lança Nicolas en lui offrant son visage. Sais-tu qu'il est des jours où je ne mets pas le nez dehors ?

– Sais-tu qu'il est des semaines entières où un savetier ne saurait dire quelle fut la couleur du temps ?

– Je connais la condition des petits artisans... Vas-tu enfin me dire ce que tu faisais dans les jardins de si bon matin ?

– Je te raconterai tout, mon ami, mais en marchant. Tu m'as promis une visite du château.

– Holà, que me demandes-tu là ! Il nous faudrait une semaine entière pour tout voir. Je vais juste te montrer quelques curiosités qui vont te souffler.

Ambroise Bonnadieu avait évoqué un palais où l'or ruisselle des murs ; il ne pensait pas si bien dire. Jocelyn resta bouche bée dès les premiers pas de la visite ; Nicolas le fit entrer dans le château par le grand Escalier.

Les dallages et les revêtements des murs y étaient de marbre blanc, rouge, vert et même noir. Jocelyn n'aurait jamais imaginé qu'une telle splendeur pût exister. Au-dessus d'eux, au centre de la voûte, une verrière diffusait une douce lumière.

– Alors... qu'en penses-tu ? demanda Nicolas.

– Ben...

– C'est exactement ce que j'ai dit quand je suis entré pour la première fois. Viens, je t'invite dans le Grand Appartement de Sa Majesté.

Ils entrèrent dans le salon de Diane, au centre duquel se dressait un superbe billard. Puis ils passèrent dans celui de Mars...

– C'est là que la cour vient jouer aux cartes le soir, et quelquefois assister à des concerts.

Dans un autre salon, Nicolas murmura :

– C'est « le salon où le roi s'habille ». Il y a au moins cinquante personnes qui assistent chaque matin au Grand Lever.

Devant l'air perplexe de Jocelyn, il poursuivit :

– Oui, parce qu'avant le Grand Lever, il y a le Petit Lever qui correspond aux grandes entrées, alors que pendant le Grand Lever c'est le moment des secondes entrées, tu suis ?

– Euh... oui. C'est quoi les grandes entrées ?

– Lors du Petit Lever, la famille royale et une quinzaine d'autres personnalités sont introduites dans la chambre du roi, la pièce juste à côté. C'est ça les grandes entrées...

– Mais où est le roi en ce moment par exemple ?

– C'est son heure de promenade dans le parc.

– Allons-y, suggéra Jocelyn. Je te dirai alors ce que je fais à Versailles.

Quittant le château pour la visite du parc, Jocelyn remercia chaleureusement son guide :

– Nicolas, je te revaudrai ça, crois-moi. Bon... est-ce que tu connais le duc du Maine ?

– Pas personnellement, mais tout le monde ici pourrait te dire que c'est le fils préféré du roi.

– Figure-toi que je lui ai lancé un défi.

– Mordieu ! Tu plaisantes ?

– Écoute la suite. Il y a quelques jours à Paris, je me suis trouvé sur son chemin et j'ai passé la tête par la fenêtre de son carrosse. Il m'a sévèrement renvoyé à mes savates, et moi, d'une cinglante réplique, à ses dentelles.

– Non, tu rigoles ?

– Si. Je lui ai même affirmé que j'étais duc de la Savatière. En fait, je suis savetier. Et puis voilà, la rencontre s'est achevée sur un défi : il faut que j'étonne monsieur, moyennant un louis d'or si j'y parviens.

Nicolas n'en croyait pas ses oreilles.

– Jamais vu un gredin de ton espèce, ou alors tu me bailles une sacrée sornette.

– Et je compte bien sur ton aide.

– Et pourquoi pas ! Je t'écoute...

En retournant à leur travail, Nicolas aperçut, au-delà d'un immense bassin, un bouquet de robes fleuries.

– Tiens, tiens, murmura-t-il en plissant les yeux.

– Qu'y a-t-il ? s'enquit Jocelyn.

– Viens, allons croiser le chemin de ces belles dames. Surtout ne les regarde pas.

Intrigué, Jocelyn suivit son ami jusqu'au

bord du bassin orné d'un groupe de chevaux dorés, tirant le char d'un dieu de l'Olympe.

– On dirait le char d'Apollon, pensa-t-il tout haut, se rappelant une gravure vue dans un livre.

– Vous connaissez ce dieu ? s'étonna une voix de jeune fille.

Jocelyn se retourna, interloqué. Une adolescente, à peine plus âgée que lui, le dévisageait d'un espiègle regard bleu.

– Heu... oui. Apollon s'élançait chaque jour à l'assaut du ciel dans son char du soleil, répondit-il comme s'il récitait une leçon.

– Avez-vous remarqué la tension des chevaux ? Ne dirait-on pas qu'un sortilège a figé ce puissant équipage dans l'éternité... et pour le bonheur de nos yeux ?

Pour lui, le bonheur des yeux se trouvait à moins d'un mètre. Mais pourquoi cette fille de la haute noblesse était-elle venue lui parler ?

– Vous sentez-vous mieux après votre malaise de ce matin ? Rassurez-moi, vous a-t-on bien traité aux cuisines où je vous fis porter ?

– Oh ! C'est vous la marquise ?

La jeune fille cacha un petit rire derrière un éventail de dentelle.

– Vous a-t-on déjà parlé de moi ?

– Oui, Nicolas...

Jocelyn regarda autour de lui. Son ami s'était éclipsé.

– Bien, alors adieu, monsieur. Soyez plus prévoyant la prochaine fois. Avant de venir visiter la demeure de Sa Majesté, mangez quelques brioches.

Sans attendre de réponse, la petite marquise rejoignit sa compagnie. Jocelyn s'assit sur la bordure de pierre du bassin.

– Ça alors ! murmura-t-il.

Nicolas ne tarda pas à reparaître.

– Alors ?

– Alors quoi ?

Le pâtissier s'assit près de lui, soupirant tout en regardant s'éloigner les somptueuses robes.

– Alors rien... Bon, si tu ne veux pas rater ton rendez-vous, faudrait se presser. Le premier aux cuisines !

6
La première surprise de Monseigneur est avancée !

Essoufflés et heureux, les deux garçons retrouvèrent les cuisines où régnait une agitation modérée.

Jocelyn devait être prudent, car on pourrait s'étonner de son nouveau costume. Nicolas lui avait déniché dans un vestiaire un habit de domestique… trop grand d'une taille !

– Je vais perdre ma culotte !

– On te trouvera une ficelle.

– Et la jaquette ! Regarde les manches, j'ai l'air d'un bouffon.

– Mon vieux, faut savoir ce que tu veux. Ou tu prends ce que je te donne ou tu reviens dans trois ou quatre ans quand ces frusques seront à ta taille.

– Pardonne-moi, Nicolas, mais je suis venu pour étonner un duc, pas pour le faire rire.

– Ne sois pas si soucieux. De toute façon, il ne te remarquera même pas. A Versailles, les domestiques sont invisibles pour les nobles. Et même s'il te voyait, ton duc ne te reconnaîtrait pas. Allez, faut se dépêcher pour le chocolat.

Le parcours qui les mena aux appartements de madame de Maintenon, où ils espéraient trouver le duc du Maine, fut un supplice pour Jocelyn. A chaque pas, à chaque marche, il redoutait de renverser quelque chose sur son plateau. Enfin, ils s'arrêtèrent devant la porte de l'antichambre du logement de madame de Maintenon, préceptrice en titre du jeune duc. Nicolas donna à son ami les dernières indications :

– Bon, je vais t'attendre là. Tu te souviens ? Tu marches sans hésiter jusqu'à l'huissier, et tu dis : « Le chocolat de monsieur le duc du Maine ! »

– Entendu. A tout à l'heure... si je ne meurs pas de peur.

Nicolas lui rajusta sa jaquette avant d'ouvrir la porte. Jocelyn pénétra d'un pas ferme dans l'antichambre, mais apercevant l'huissier à l'autre bout de la pièce, ses jambes se ramollirent. Par on ne sait quelles ressources cachées, elles parvinrent à le porter jusqu'à lui.

– Le chocolat de monsieur le duc du Maine ! annonça-t-il.

L'huissier le dévisagea quelques secondes d'un air méfiant, regarda le plateau, puis se retourna pour ouvrir l'un des battants de la porte. Jocelyn pénétra dans l'appartement et s'immobilisa sur le seuil.

Devant l'une des fenêtres du salon, assise dans un fauteuil, une femme était en train de lire. Au centre, un jeune garçon, de dos, en tailleur, sur un épais tapis, disputait une partie de jacquet avec une jeune fille très concentrée. Jocelyn avait déjà croisé cette robe éblouissante et ce visage de poupée... La présence inattendue de la marquise de la Roche-Montelle l'impressionnait plus que celle du duc du Maine.

Il déposa en tremblant le plateau sur une table basse. Le léger tintement des tasses éveilla l'attention de Mathilde. Elle leva les yeux... les écarquilla en reconnaissant le serviteur qui venait d'entrer, puis laissa échapper un rire devant son allure singulière.

– Cela vous fait rire de me voir dans l'embarras, lui reprocha le jeune duc.

– Pas du tout, Louis-Auguste, c'est...

D'un doigt sur la bouche, Jocelyn lui demanda de se taire. Elle répondit d'un clin d'œil et poursuivit :

– Je repensais à une plaisanterie que vous fîtes naguère à ce peintre dans la Grande Galerie.

Le jeune duc marmonna puis déclara :

– Vous n'avez pas encore gagné, marquise. Je vais trouver la solution... je vais la trouver.

Jocelyn s'efforça de reprendre ses esprits. Il s'avança vers le fils du Soleil, sous le regard intrigué de la marquise, et prononça solennellement :

– La première surprise de Monsieur le duc est avancée.

Mathilde se redressa vivement. Madame de Maintenon interrompit sa lecture pour adresser un regard sévère au jeune serviteur. Quant au fils du Soleil, il s'exclama en découvrant celui qui venait de parler :

– Vous ?

Le savetier savourait son effet. Le regard droit, il reprit :

– Je voulais dire : le chocolat de Monsieur est servi.

– Par tous les saints, si je m'attendais ! Bon, très bien… Disposez, nous n'avons plus besoin de vos services.

Jocelyn, se souvenant des recommandations de son ami pâtissier, inclina respectueusement le buste. Il quitta la pièce à reculons en maîtrisant son envie de déguerpir. Madame de Maintenon interpella le duc du Maine :

– Que signifie... Louis-Auguste ? Connaissez-vous ce domestique ?

– Connaître n'est pas le mot, madame. Disons que je le découvre.

7
Invitation inattendue

Jocelyn fit à son ami un récit aussi rapide que le haut fait qu'il venait de réaliser.

– Bravo ! le félicita Nicolas. Tu lui en as sûrement mis plein la vue, mais maintenant...

– Maintenant il faut s'occuper du coup de grâce, le coupa Jocelyn.

– Le coup de grâce, comme tu y vas ! Comptes-tu danser et chanter déguisé en angelot au milieu d'un bassin ?

– Tout nu, avec un luth ! rit Jocelyn en

mimant la scène en équilibre sur un pied, avant d'ajouter :

– Pourquoi pas ?

– Mais non, benêt ! Je plaisante. Tu veux que les gardes de la prévôté t'envoient à la Bastille ou à l'asile de fous ?

– Il nous faut pourtant trouver une idée.

– Nous la trouverons. Mais pour l'heure, apprenti marmiton, on nous attend aux fourneaux.

Sur le chemin qui les ramenait aux cuisines, Jocelyn s'écria soudain :

– J'ai trouvé ! il me faut simplement de quoi écrire et le texte d'une des pièces de théâtre de Molière.

– Quoi ? Tu sais écrire ?

– C'est justement une partie de la surprise que je réserve au duc. Pour le reste, je vais encore avoir besoin de toi.

Une heure plus tard, un laquais apporta un billet au duc du Maine qui jouait dans le parc à colin-maillard avec Mathilde et quelques autres jeunes gens. Intrigué, le garçon ouvrit le billet, fronça les sourcils.

– Qu'est-ce que ça veut dire ? marmonna-t-il.

– Puis-je voir ? demanda Mathilde.

Le duc lui tendit le billet :

« De monsieur Ambroise-Jocelyn de Bonnadieu, petit-fils de Savetier, à Monseigneur Louis-Auguste de Bourbon, fils du Soleil. Monsieur, vous plairait-il d'être une fois encore étonné par l'insignifiante créature qui vous fit

naguère affront, en quêtant un peu d'or sous votre nez ? Peut-être parviendrai-je alors à remporter le défi que vous me lançâtes, à savoir vous étonner contre cette obole. Si ce défi tient toujours, rendez-vous demain sous le regard de Neptune, à l'heure du Grand Lever. »

– Voilà un garçon qui ne manque pas d'audace. Irez-vous à ce rendez-vous ? demanda Mathilde.

– Certes non, qu'ai-je à me commettre avec ce jacques ?

– Me permettez-vous d'y aller à votre place ?

Décontenancé, le garçon dévisagea la jeune marquise.

– Eh bien... en ce cas, je vous accompagnerai. Finalement, il me plairait assez de savoir si je puis être surpris par un gueux.

Tandis que le fils du Soleil reprenait ses jeux, le petit-fils du savetier Bonnadieu apprenait sa leçon dans la chambrette de son ami pâtissier. Nicolas avait dû réaliser un exploit et faire jouer toutes ses relations pour obtenir une pièce de Molière.

Le lendemain, à huit heures vingt, Jocelyn se hâta vers le bassin de Neptune, un livre sous chaque bras et dans chaque main un tabouret. Près du bassin, il posait un livre quand il fut surpris par le duc du Maine et la petite marquise.

– Oh ! monsieur, je... j'étais en train de... bonjour ! Bonjour à vous aussi, marquise, bredouilla Jocelyn.

La jeune fille le salua d'un sourire. Le duc du Maine prit la parole :

– Pour commencer, monsieur, je vous félicite. Vous avez réussi à me faire courir jusqu'à vous aux aurores. J'espère que le motif sera à la hauteur de l'effort.

– Cela dépendra en partie de vous, monsieur.

– Que voulez-vous dire ?

– Asseyons-nous... Euh, marquise... dit Jocelyn en désignant à Mathilde le siège qu'il s'était destiné.

Debout, tel un comédien devant son public, il expliqua :

– Voilà. Je vous rappelle votre défi, monsieur le duc. Vous souhaitiez que le pouilleux qui fait des vers vous étonne ; me voici, avec un livre fort à propos. Je vais vous démontrer qu'on peut tout à la fois être savetier et savoir lire, écrire et jouer la comédie comme un prince...

Le duc et la marquise échangèrent un regard incrédule. Jocelyn poursuivit :

– Le livre que j'ai posé sur votre siège contient les œuvres du défunt Molière. Voici un second exemplaire. Alors à votre avis, monsieur, que va-t-il se passer maintenant ?

– Du diable ! vous me feriez jouer la comédie ?

– Je vous propose simplement de me donner la réplique. J'ai choisi dans *Le Bourgeois gentilhomme* un passage évoquant le sujet qui nous rapproche, puisqu'il y est question de prose et de vers. Ouvrez le livre, je vous prie, à la page marquée.

Le jeune duc obéit, inquiet de se laisser mener par un va-nu-pieds, et intrigué par le jeu.

– J'aime assez cette pièce, dit-il en parcourant les dialogues. Quel personnage souhaitez-vous me voir jouer ?

– Eh bien, j'ai pensé au maître de philosophie, et moi je jouerai monsieur Jourdain. Qu'en dites-vous ?

Jocelyn désigna de l'index l'une des répliques, tout en adressant un regard complice à Mathilde qui semblait déjà se réjouir de la joute théâtrale.

– Je vous en prie. Au reste, il faut que je vous fasse une confidence, commença à déclamer Jocelyn. Je suis amoureux d'une personne de grande qualité, et je souhaiterais que vous m'aidassiez à lui écrire quelque chose dans un petit billet que je veux laisser tomber à ses pieds.

Tout en lisant, Jocelyn prenait conscience du double sens de ce qu'il était en train de jouer. Mathilde ne risquait-elle pas de croire qu'il avait choisi ce passage de la pièce en pensant à elle ? Mais déjà le duc répliquait avec conviction :

– Fort bien !

– Cela sera galant, oui, poursuivit Jocelyn.

– Sans doute. Sont-ce des vers que vous lui voulez écrire ?

– Non, non, point de vers.

– Vous ne voulez que de la prose ?

– Non, je ne veux ni prose ni vers.

– Il faut bien que ce soit l'un, ou l'autre.

– Pourquoi ?

– Par la raison, monsieur, qu'il n'y a pour s'exprimer que la prose, ou les vers.

Jocelyn ne lisait pas. Il connaissait ce passage par cœur.

– Il n'y a que la prose ou les vers ? récita-t-il sans quitter la marquise des yeux.

Le duc se leva pour la réplique suivante :

– Oui, monsieur. Tout ce qui n'est point prose est vers, et tout ce qui n'est point vers est prose.

– Et comme l'on parle, qu'est-ce que c'est donc que cela ?

– De la prose.

– Quoi ! Quand je dis : « Nicole, apportez-moi mes pantoufles, et me donnez mon bonnet de nuit », c'est de la prose ?

Le duc pouffa.

– Oui, monsieur.

– Par ma foi, il y a plus de quarante ans que je dis de la prose, sans que j'en susse rien, et je vous suis le plus obligé du monde de m'avoir appris cela. Je voudrais donc lui mettre dans un billet : « Belle marquise, vos beaux yeux me font mourir d'amour »...

Jocelyn se troubla.

– Eh bien, continuez, l'enjoignit le duc.

– Belle marquise... Non, s'interrompit Jocelyn, j'ai une bien meilleure idée, monsieur. Je rédigerai ce billet de manière si surprenante que vous ne pourrez plus me refuser ce louis qui est l'enjeu de notre défi. Êtes-vous d'accord ?

– D'accord, mon ami. A une condition... Que nous achevions cet acte. Et avec le ton je vous prie !

Avant de retourner à ses obligations, le duc félicita Jocelyn :

– Vous avez déjà en partie remporté mon défi. Mais en me surprenant plus encore, je serai obligé de vous donner plus d'or. Méditez donc la suite de ce jeu de surprises et ne vous freinez en rien. Je vous protégerai si besoin.

– Merci, monsieur. A bientôt donc, répondit Jocelyn en exécutant une élégante révérence.

La jeune marquise le remercia à son tour puis lui glissa à l'oreille :

– Essayez de vous trouver par hasard dans la cour de Marbre, vers dix-sept heures. J'ai moi aussi une surprise pour vous.

8
Messieurs, le Roi !

Bien avant dix-sept heures, Jocelyn se posta dans la cour de Marbre. Nicolas, qui se tenait à quelque distance en observation, avait réussi à lui trouver un habit convenable chez un des fripiers ou « revendeurs de toilettes » qui fournissaient en vêtements les nobles les moins fortunés de la cour. Des courtisans déambulaient sur le large espace dallé de marbre blanc et noir. Jocelyn s'amusait à observer ce ballet feutré de perruques et de coiffures extravagantes. Son cœur se serra lorsque, fendant la foule, surgit un oiseau blanc.

– Mathilde !

– Pas si fort, ou l'on vous prendra pour un dandin, le gronda-t-elle.

– Pardonnez-moi, c'est... Que va-t-il se passer ?

– Ne vous ai-je pas promis une surprise ce matin ? Venez.

Une émotion empourpra le visage du jeune savetier. Il suivit la marquise comme un enfant qui aurait peur de se perdre. Elle s'arrêta au cœur de la foule.

– Ne dites rien. Contentez-vous de vous incliner quand je vous nommerai, puis souriez, mais point trop pour ne pas paraître niais.

A présent il en était sûr : elle allait le présenter au roi. Fichtre ! Lui, un savetier, représentant du petit peuple, un moins que rien. Il se passait quelque chose du côté du château. Un huissier ouvrit les deux battants d'une porte-fenêtre et cria :

– Messieurs, le Roi !

Un personnage, tenant avec légèreté une canne à pommeau d'or, se présenta dans l'encadrement de la porte-fenêtre. Sa prestance était telle qu'il paraissait immense. Il marqua un arrêt avant de poser un pied sur le marbre de la cour, puis adressa un sourire subtil à ses courtisans.

Dans un silence parfait, Louis XIV avança d'une démarche souple et régulière. Les courtisans s'inclinaient sur son passage. La relative sobriété de son habit surprit Jocelyn. Le roi ne portait dentelles qu'à la cravate et aux manchettes. Mais le savetier ne manqua pas de remarquer ses souliers à hauts talons rouges. Le souverain n'était plus qu'à deux pas de lui lorsqu'il s'arrêta et demanda :

– Madame la duchesse de Barante a-t-elle transmis mon message d'affection à son époux ?

– Oui, sire. Et mon mari vous assure en retour de son dévouement le plus absolu. Il rejoindra Versailles sous peu, répondit une femme d'une cinquantaine d'années à droite de Mathilde.

– Bien. Nous l'accueillerons dès son retour avec grand plaisir, répondit le roi. Puis s'adressant à Mathilde : Dites-moi, mademoiselle de La Roche-Montelle, le duc du Maine ferait-il un bon comédien ?

– Votre Majesté peut être rassurée sur ce point. Monsieur le duc prononce les vers de Molière à la perfection.

– Fort bien. Veillez cependant à ce qu'il ne lui vienne pas l'idée de jouer le *Tartuffe*.

Après avoir salué la jeune marquise, le souverain s'éloigna et Jocelyn put reprendre son souffle. Mais il était déçu, lui qui se voyait présenté au roi... La voix de Mathilde le tira de ses pensées :

– Ma tante, voici le garçon dont je vous parlais ce matin... Il s'appelle Jocelyn de Bonnadieu de la Savatière.

La duchesse de Barante observa le garçon qui fit virevolter son chapeau comme un gentilhomme de cour.

– Jocelyn de Bonnadieu de la Savatière, répéta la duchesse avec perplexité. De quelle origine est votre famille, monsieur ?

Mathilde ravit la parole à son protégé :

– Parisienne. Ma tante, me permettez-vous d'employer ce garçon comme valet ?

– Comme valet ! monsieur de Bonnadieu de la Savatière ? s'offusqua la femme. N'as-tu pas meilleur titre à lui offrir ?

– Alors... page ? suggéra Mathilde.

9
La Fontaine au secours de Jocelyn

Quelques instants plus tard, Jocelyn retrouvait Mathilde et Nicolas dans l'appartement de la duchesse de Barante.

– Le roi est donc au courant pour ce matin... s'étonna Jocelyn.

– Le roi est au courant de tout ce qui se passe à Versailles, répondit Mathilde. Si nous en venions à votre jeu de surprises, monsieur le page ? A quoi pensiez-vous ce matin, en évoquant la rédaction du billet d'amour à la belle marquise ?

– A vrai dire... je n'en ai pas la moindre idée. Ce n'est pourtant pas faute d'y avoir réfléchi, répondit Jocelyn angoissé.

– Une chose est certaine, vous ne manquez pas d'esprit, dit Mathilde. Mais l'esprit ne suffit pas pour avoir des idées. Il faut aussi un peu de culture. Connaissez-vous monsieur de La Fontaine ?

– Bien sûr ! Quelle est votre idée ?

– Nous pourrions faire de vous un fils secret de notre grand fabuliste.

– Un fils secret ? Diantre ! Encore faut-il qu'il soit d'accord !

– Rassurez-vous, il ne sera nullement question de répandre ce mensonge en vous nommant. Nous agirons avec une subtilité toute versaillaise.

En moins d'une heure, ils mirent au point leur plan d'action.

– Le duc du Maine n'en reviendra pas, assura Mathilde.

– Ce n'est pas encore gagné, s'inquiéta Jocelyn.

– Vous avez tout votre temps désormais, puisque vous êtes à mon service. Allez vous

enfermer dans votre nouvelle chambre et n'en sortez que le travail achevé.

Voyant l'expression désemparée de Jocelyn, Mathilde reprit :

– Le plus simple est de partir d'un titre. Je vais vous aider... Que diriez-vous de... « Le Grand Duc et le Moineau » ?

Les yeux de Jocelyn s'agrandirent.

– Excellent !

– Vous voyez, le titre seul contient déjà presque toute l'histoire. Et pour la seconde fable ?

Jocelyn réfléchit. Soudain il s'exclama :

– « La Marquise et le Papillon » !

– Superbe ! Vite, mon ami, j'ai hâte de lire.

Le lendemain matin, Jocelyn retrouva Mathilde chez sa tante. Ses yeux rougis de fatigue témoignaient que sa nuit avait été active. Mathilde l'accueillit avec joie mais anxiété :

– Alors ?

– Alors je ne sais pas. C'est à vous de me dire.

Jocelyn tendit deux feuillets couverts d'une écriture maladroite, mais lisible. Mathilde sourit au fil de sa lecture, avant de s'exclamer.

– Monsieur de la Savatière, vous êtes formidable !

– Vraiment, vous aimez ?

– Tel quel, ce n'est pas présentable, mais tout y est. Maintenant c'est à moi de jouer. Venez, allons nous isoler dans le parc. J'emporte un nécessaire d'écriture.

Assis dans l'herbe, à l'ombre d'un arbre, les deux complices passèrent le reste de la matinée à peaufiner le travail de Jocelyn. La version définitive une fois prête, Mathilde se leva et lut à voix haute :

« Le Grand Duc et le Moineau »

Un grand duc qui s'était endormi
Sur une branche pourrie,
Fut réveillé par le pépiement d'un moineau
Qui s'inquiétait qu'il ne tombât de haut.
– Peste soit des avortons de ton espèce !
cria le dormeur,
Troubler le sommeil d'un grand duc,
en pareille heure !
– Perdez de votre hauteur et soyez poli ;
Je vous sauve peut-être la vie.
Le grand duc, imbu de noblesse haut perchée,
Considéra l'importun les aigrettes dressées.
– Quand on vole au ras des prairies
On ne se mêle pas des affaires d'ici.

– Apprenez, cher grand duc,
Que la hauteur n'est que feuille caduque
Si dans l'esprit et le cœur
Ne se trouve la grandeur.
Craignez de tomber
Au vent mauvais.
Mais je vois bien que messire,
De mon souci pour lui ne veut point se salir.
Le moineau retourna donc picorer.
La branche ne tarda pas à céder,
Et le grand duc piqua du bec dans l'herbe.
Ayant perdu de sa superbe
Il remercia le moineau attentionné
D'une leçon peu cher payée.

Puis Mathilde lut « La Marquise et le Papillon » et déclara :

– Celle-là me plaît plus encore. Je gage qu'elle fera grand bruit à la suite de l'autre. Recopions ces petites merveilles en autant d'exemplaires que possible. Puis nous irons les semer. Nous laisserons passer un jour avant d'offrir à la rumeur la seconde fable.

10
La Marquise et le Papillon

Avant la fin du jour, dans les couloirs et les salons, près des bassins et des fontaines, on se passait la fable signée d'un mystérieux « J. de B. ». Le lendemain, lorsque la seconde fable fut à son tour disséminée, l'émoi grandit encore. Mathilde, Jocelyn et Nicolas se réjouirent de voir enfler et se déformer la rumeur.

– J'ai entendu aux Grandes Écuries, racontait le pâtissier hilare, que le mystérieux fabuliste était un des valets de pied de la princesse Palatine.

– A ce rythme on ne tardera pas à soupçonner les chiens. Mais comment le duc du Maine a-t-il réagi ? demanda Jocelyn.

– Je ne l'ai pas revu depuis l'autre jour. Il est souffrant, m'a-t-on dit.

– La bonne blague, fit Nicolas.

– Je ne crois pas. Louis-Auguste est réellement de fragile constitution. Peut-être pourrions-nous lui faire parvenir un billet d'amitié et, pourquoi pas, un présent ?

– Savez-vous, marquise, que cela me donne une idée ? dit Nicolas. Une idée de pâtissier bien sûr...

Dans l'après-midi, à l'heure des collations, un laquais se présenta à l'appartement de madame de Maintenon.

– Une pâtisserie et son rafraîchissement pour monseigneur le duc du Maine, annonça-t-il en pénétrant dans le salon.

Le fils du Soleil, dont le visage portait les marques d'une fièvre tout juste vaincue, se redressa dans son fauteuil. Sa préceptrice s'étonna :

– Qu'est-ce là ? Nous n'avons rien demandé.

– Je ne sais, madame, l'ordre me vient d'un valet qui l'a reçu de je ne sais qui.

La pâtisserie était couverte d'un linge de fine étoffe. Lentement, le garçon découvrit le gâteau : un grand livre ouvert, en pâte d'amande et génoise. Un billet, noué d'un ruban de satin rose, reposait dans le pli du livre. Le jeune duc le déroula et lut :

« De J. de B. à Monseigneur le fils du Soleil. Ce livre comme un hommage à votre amour des lettres. Ce gâteau comme un fortifiant pour que vous retrouviez vite une rayonnante santé. Ce billet enfin qui vous donne rendez-vous bientôt pour la surprise des surprises. »

– Madame, ce gâteau est irrésistible et je vais le dévorer ! Mais avant, écoutez cette fable si plaisante. Il se mit à lire le texte qui suivait le mot de Jocelyn.

« La Marquise et le Papillon »

Un jour d'été on vit une belle marquise
Qui, sans autre raison que de bonheur,
Dansait au milieu d'un champ de fleurs.
De la nature elle était éprise,
Mais point de tous ces jolis cœurs
Qui croyaient en jouant les coqs
pouvoir lui plaire.
Un papillon vaquant à ses affaires
Vint à l'apercevoir, éblouissante de couleurs.

Il l'aborda à sa façon sans prudence
En se mêlant à sa danse.
Elle lui fit révérence
Comme s'il se fût agi d'un prince.
Un jouvenceau jaloux
Voulut chasser l'importun
D'un méchant revers de main.
Il reçut un soufflet de la marquise en courroux.
Comprendra-t-il qu'une fleur se cueille
et non point s'arrache ?
Et saura-t-il qu'un bravache
Ne peut que d'une vache recevoir
bon accueil ?

Pendant ce temps, Jocelyn et ses complices préparaient la surprise des surprises.

II
Un auteur mystérieux

Mathilde avait obtenu la complicité de sa tante : celle-ci, par l'entremise de madame de Maintenon dont elle était une amie, devait faire parvenir aux oreilles du roi que l'auteur mystérieux des fables se trouverait bientôt sur son passage. Il porterait un rouleau sur lequel serait écrite sa dernière œuvre.

Quand ? Au moment du départ pour la promenade, la difficulté étant pour le jeune fabuliste de se trouver bien placé pour que le roi puisse l'apercevoir.

Mais tout dépendait encore du bon vouloir de Sa Majesté. Daignerait-elle s'arrêter devant ce jeune plaisantin, alors que tant de seigneurs n'obtenaient jamais cet honneur ? Car le jeu de surprises ne serait abouti que si le roi consentait à prononcer un mot de compliment. Le duc du Maine devrait alors s'incliner devant la victoire du petit savetier.

Dans sa chambre où sa camériste l'aidait à s'apprêter, Mathilde ne cessait de se répéter :

– Ce rendez-vous est insensé. Jamais le roi n'acceptera de se prêter à ce jeu d'enfants.

– Ton pâtissier attend dans l'antichambre, annonça soudain la duchesse de Barante qui venait d'entrer.

– Bien, j'arrive. Et Jocelyn ?

– Pas encore.

– Pas encore ? Mais nous sommes à moins d'un quart d'heure de la sortie du roi !

– Je crains qu'un imprévu ne soit venu contrarier vos projets.

– Un imprévu, ma tante ?

– La mine déconfite de ton pâtissier en dit assez pour qu'on le craigne.

Plantant là tante et caméristé, Mathilde se précipita dans l'antichambre où se trouvait Nicolas. Coiffé de son chapeau, il faisait les cent pas.

– Qu'y a-t-il, Nicolas ? demanda la jeune fille.

– Ah, vous voilà ! Jocelyn a disparu. Nous devions nous retrouver à la sortie des cuisines et... voici ce que j'ai trouvé, dit le pâtissier en montrant le couvre-chef. Il était par terre près de la porte.

Mathilde blêmit.

– Alors il est à la Bastille, laissa-t-elle tomber d'une voix blanche.

– Diantre, ne dites pas ça ! s'effraya Nicolas. Je n'ai nulle envie de l'y rejoindre ni de perdre ma place.

– Ne pensez-vous donc qu'à vous ? s'offusqua Mathilde.

– Et à vous, si...

– Je suis marquise, lui rappela-t-elle sèchement. Bon, je ne vois qu'une solution : Louis-Auguste. Il l'en sortira, j'ai confiance, mais cela signifie aussi la fin du défi... et le départ de Jocelyn, conclut la jeune fille en baissant les yeux.

Tandis que Mathilde se hâtait vers l'appartement du duc, Jocelyn, tenu d'une main ferme par deux gardes de la prévôté, était conduit dans de sombres couloirs. Sa frayeur était telle qu'il n'osait protester. Il serrait dans sa main droite sa fable soigneusement préparée pour le roi. Devant lui, marchait un officier qui n'avait ouvert la bouche que pour lui ordonner de le suivre sans bruit ni révolte. Ils arrivèrent alors dans une petite pièce, dont les murs étaient couverts de tableaux admirables.

– Assieds-toi là et n'en bouge pas, ordonna l'officier en désignant une chaise.

– Qu'est-ce qu'on va me faire ? demande Jocelyn.

L'angoisse lui nouait l'estomac. Ignorant la question, l'officier, suivi de ses hommes, quitta la pièce. Y entra aussitôt un garde suisse qui vint se placer à droite de Jocelyn. Le garçon ferma les yeux et se mit à prier. Puis la porte d'en face s'ouvrit à deux battants et un grand personnage entra.

Il portait des bas blancs et un justaucorps bleu et or. Sa volumineuse perruque couvrait ses épaules. En voyant le garçon, les yeux rougis et reniflant comme un page qu'on viendrait de gronder, il ne put retenir un haussement de sourcils. Jocelyn se leva.

– Voici donc ce mystérieux fabuliste dont les talents font s'agiter tant de langues à la cour. Je ne vous voyais pas de cette dimension, s'étonna le personnage. Puis il se présenta : Marquis de Sourches, Grand Prévôt de France. C'est sur moi que repose la police de Versailles.

– Pardonnez-moi, monsieur. Je ne voulais pas offenser Sa Majesté.

– Nulle offense n'a encore été commise. Mais je dois sévèrement vous admonester à propos de ce plan ridicule pour aborder le roi...

– C'est que je n'en avais pas de meilleur pour lui offrir ce... ceci.

Le garçon présenta sa fable. Le marquis regarda la main tremblante qui se tendait vers lui.

– Une nouvelle fable ?

– Exclusivement pour Sa Majesté.

Le marquis saisit la feuille qu'il libéra de son ruban. Il lut le court texte qui parvint à le faire sourire.

– Voilà qui est plaisant. Je vous félicite, mon garçon. Maintenant, donnez-moi l'explication de ce jeu.

En quelques mots, Jocelyn raconta sa rencontre avec le fils du roi et l'aventure qui s'ensuivit. Il se fit un silence, puis le marquis déclara avant de prendre congé :

– Je garde votre fable. Quant à vous, monsieur le fabuliste, je vous enjoins de garder le secret de cette entrevue. Et tenez-vous à ma disposition en informant les suisses de vos déplacements...

12
Le dîner royal

– Jocelyn ! Dieu soit loué, vous revoilà ! s'exclama Mathilde en pénétrant dans l'appartement de sa tante.

– Je n'étais pas perdu, Mathilde, seulement égaré.

– Égaré ?

– Eh bien oui, quoi. Je me suis égaré dans les couloirs du palais en venant ici.

– Vous moquez-vous ?

– Je peux trouver une autre explication si vous voulez. Par exemple que j'étais avec le roi, qu'on a sympathisé et que...

– Il suffit, monsieur ! se fâcha la marquise dont les pommettes s'empourpraient. Je me faisais du souci, figurez-vous !

– Et moi donc ! J'ai cru un moment ne jamais vous revoir.

Mathilde le dévisagea. Elle avait deviné que les gardes de la prévôté venaient de lui donner un sévère avertissement.

– Laissons cela. De toute façon, notre affaire est classée pour ce jour. Ma tante et moi devons visiter un parent souffrant. Mais nous reprendrons cette conversation avant ce soir.

– Je vais remonter dans ma chambre, avec votre permission, déclara Jocelyn d'une voix morne.

Peu avant vingt-deux heures, un laquais vint frapper à sa porte pour lui remettre un mot du marquis de Sourches. Jocelyn manqua s'évanouir.

– Le roi me prie d'assister à son souper ? bredouilla-t-il. Mais... vraiment, je...

– Il faut vous hâter, monsieur. Sa Majesté dîne à vingt-deux heures précises.

– Bien, bien, je vous suis...

La table de Louis XIV était dressée dans son antichambre, devant la cheminée. La famille royale était invitée à partager le repas du roi tandis que les courtisans restaient debout. Devant le souverain était disposée une assiette reposant sur un porte-assiette. Ses couverts étaient placés dans une nef d'or ciselé, qui offrait également épices, poivre et vinaigre. Jocelyn, qu'on avait placé face au roi, observait la scène comme s'il s'était agi d'une pièce de théâtre. Tout semblait si calculé, chaque regard, chaque geste, chaque parole, que l'atmosphère en devenait terriblement

pesante. Le duc du Maine était assis à la droite du roi. Le cœur de Jocelyn se mit à battre plus vite lorsque leurs regards se croisèrent.

Il n'avait pas encore remarqué la présence de Mathilde qui avait reçu la même convocation que lui. Elle se tenait en retrait avec les dames de qualité qui n'ont pas rang de duchesse.

Un huissier annonça d'une voix forte :

– Messieurs, la viande du Roi !

Jocelyn sentit derrière lui un surcroît d'animation. Des serviteurs apportèrent le premier service : un gigot de mouton. Puis un officier de bouche annonça du « cerf aux perdreaux truffés ». Ainsi défilaient les entrées, les rôtis, les salades, les entremets... Au vingtième plat, Jocelyn s'arrêta de compter.

Enfin vint le dessert : des fruits frais que le roi éplucha avec une dextérité surprenante.

C'est alors qu'une main tendit à Jocelyn un rouleau qu'il reconnut immédiatement. L'instant suivant, Louis XIV demanda :

– Monsieur Bonnadieu, approchez je vous prie.

Une rumeur de stupéfaction parcourut la foule des courtisans. Le garçon avança de deux pas et s'inclina comme un automate. Sa bouche formait un « Oui, Sire », mais le souffle lui manqua pour qu'on pût l'entendre. Le duc du Maine le dévisagea comme s'il avait eu devant lui un Huron des Amériques.

– Sauriez-vous d'une fable divertir la table de votre roi ?

– Certainement, Votre Majesté, s'entendit répondre Jocelyn.

Il déroula la feuille qui tremblait entre ses doigts, prit son souffle et lut d'une voix aussi claire que possible :

« Le Vermisseau, la Chenille et l'Asticot »

Un vermisseau,
Une chenille, un asticot
Échangeaient des opinions
Sur le chapeau d'un champignon.
Comme ils parlaient
De force et de beauté
La chenille se vanta
D'être de la plus belle couleur qui soit.
Ce à quoi le vermisseau répondit :
– Cela n'est rien s'il vous manque l'esprit.
Ceux de ma taille ont plus de finesse
Que les lourdauds de votre espèce.
L'asticot pour ne pas être en retrait
Lança que seul comptait
Ce qui sortait du cocon.
– Or, qu'est donc un moucheron
Ou un papillon, fût-il gracieux,
En comparaison d'une mouche bleue ?
La querelle enfla, jusqu'à entendre
des outrages.

– Cessons là, dit le vermisseau,
il nous faut un arbitrage.
Un merle, dissimulé dans des branchages,
S'amusait à écouter ces bavardages.
Il proposa aussitôt de mettre
tout le monde d'accord.
Il goba le vermisseau d'abord :
– Hum, votre esprit est bien goûteux.
Il goba l'asticot qui s'enfuyait sur la mousse :
– Certes, en mouche vous les dépassez tous.
Et gobant la chenille, il dit avec humour :
– La couleur aussi se savoure.
Enfin, il rendit son verdict :
– Trois vantards se valent en tout pour celui
qui en profite.

Le temps semblait suspendu. Enfin, le souverain inclina légèrement la tête et déclara :

– Bien, voici qui est plaisant. Le roi vous en complimente.

Les spectateurs de cet ahurissant événement applaudirent et le duc du Maine adressa un sourire complice à Jocelyn.

13
Le nouveau maître des surprises

Encore étourdi d'émotion, Jocelyn reçut les félicitations de la jeune marquise.

– Jocelyn, vous avez été extraordinaire ! déclara Mathilde. Je vous promets un brillant avenir de fabuliste.

– C'est bien mon avis, approuva une voix d'enfant derrière le groupe.

Le héros du jour se retourna et sourit au duc du Maine, qui poursuivit :

– Je viens honorer ma dette envers vous, monsieur. Voici votre récompense pour avoir haut-la-plume remporté mon défi.

Le fils du Soleil donna à Jocelyn une bourse de velours pourpre qui devait contenir une fortune.

– Monseigneur, l'enjeu n'était-il pas d'un louis d'or et non d'une bourse ? dit Jocelyn ému.

– Un louis ? Est-ce là tout le prix que vous accordez à la stupéfaction d'un fils du Soleil ? Je vous en prie, ne gâchez pas mon plaisir de vous étonner à mon tour. Car sachez, monsieur, que cette bourse n'est qu'un acompte. Désormais, le maître du jeu de surprises, c'est moi !

Dès le lendemain matin, le jeune savetier regagnait son quartier du Marais à Paris. Il retrouva son grand-père qui l'accueillit dans sa misérable boutique, les larmes aux yeux. L'émotion passée il déclara :

– Tes messages, Jocelyn, ont quelque peu atténué mes angoisses. J'ai suivi tes exploits

comme un feuilleton de la *Gazette*. Mais te connaissant, je n'ai su distinguer le vrai du presque vrai.

Tout à coup, un remue-ménage anima la rue.

– Que se passe-t-il ? s'inquiéta Ambroise.

Par les carreaux de la porte, ils aperçurent des hommes en armes prendre position le long des maisons. Deux mousquetaires vinrent encadrer l'entrée de l'échoppe.

– Mon Dieu, ce doit être l'expulsion, se lamenta le vieux savetier.

– Qu'ils y viennent ! s'écria Jocelyn en s'emparant d'un marteau.

Surgit un splendide carrosse blanc et or. Un laquais s'empressa d'ouvrir une des portières. Trois personnages descendirent... le duc du Maine, Mathilde de La Roche-Montelle et Nicolas qui poussa la porte de l'échoppe en annonçant :

– La surprise de monsieur de la Savatière est arrivée...

Table des matières

Remerciements

L'auteur remercie, pour leurs précieux conseils, la Société des Amis de Versailles, M. Christophe Giquelay, ainsi que Mme Cathy Jouve et Mlle Mylène Pardoen.

L'auteur

Arthur Ténor est né en 1959 en Auvergne, où il vit toujours. A dix-huit ans, il s'est réveillé un matin avec une idée de roman et s'est mis au travail sur-le-champ. Un peu plus tard, il a rencontré avec bonheur l'auteur René Barjavel, dont les conseils se sont révélés décisifs. Depuis, il est devenu consultant-formateur de profession, mais n'a jamais cessé d'écrire, par passion, en « explorateur de l'imaginaire » comme il aime à le dire. Ses romans pour la jeunesse témoignent de son goût pour l'aventure, le mystère et l'histoire. Aux éditions Gallimard Jeunesse, il a déjà publié *Guerre secrète à Versailles* dans la collection Hors-piste, *Il s'appelait... le Soldat inconnu* dans la collection Folio Junior et la série *Les chevaliers en herbe* dans la collection Folio Cadet.

L'illustrateur

Jérome Brasseur est né en 1970. Après des études d'illustration à l'institut Saint-Luc de Bruxelles, il enseigne le dessin pendant un an, puis se réalise pleinement en créant des illustrations pour la jeunesse (romans, presse et livres scolaires).
Commentant le travail qu'il a réalisé pour cet ouvrage, il a dit : « Une seule visite m'a suffi pour m'imprégner de cet enchantement. Le château a été préservé des injures du temps. Il est un livre impérissable qu'on lit en s'arrêtant sur l'ensemble comme sur le détail. »

HISTOIRE
COURTE

À dévorer... selon ses envies !

L'été où j'ai perdu mon chien
François David
n° 1326

Les parents d'Aurélie se séparent. Heureusement, Aurélie a une confidente, sa chienne, Coquine. Mais pendant les vacances, Coquine s'enfuit, c'est le drame. Aurélie rend son père responsable. Pour renouer le dialogue avec sa fille, il n'a qu'une solution : retrouver la chienne. Pour aborder avec tendresse le thème délicat de la séparation.

Un peu, beaucoup, passionnément...
Jean-Paul Nozière
n° 1327

Je m'appelle Max Séguso et je l'aime un peu, beaucoup, passionnément, à la folie... Qui ? Ma prof de français ! Elle est si belle, si intelligente, si... trop bien pour moi, en fait. Alors je ne sais pas comment lui déclarer ma flamme. Entre nous deux, c'est vraiment pas gagné ! Un roman pour se réconcilier avec les professeurs de français...

Droit au but
Collectif
n° 1328

Le principe du foot ? Un pour tous, et tous pour un ! Peu importe qui marque... l'essentiel est de gagner. Si l'équipe remporte le championnat, l'argent servira à soigner la petite sœur de l'un des joueurs, qui est gravement malade. Sacré défi ! Cinq nouvelles sur l'esprit d'équipe et l'amour du sport.

Au galop !
Collectif
n° 1329

Kate a toujours rêvé d'avoir un poney à elle, rien qu'à elle. Et le jour de son anniversaire, ce rêve se réalise enfin. Kate et Abyss deviennent alors inséparables, ils vivent ensemble des moments inoubliables. Jusqu'au jour où le poney disparaît mystérieusement... Quatre nouvelles pour tous les amoureux du cheval.

Dan Martin détective

Lorris Murail

n° 1330

On pourrait croire que c'est un métier facile, détective... Surtout quand on a douze ans et qu'on s'amuse à faire comme si. Mais je suis du genre à prendre des risques. En l'occurrence, pour une belle qui a perdu son chat... Et l'affaire s'annonce compliquée ! Pour les apprentis détectives qui ont le sens de l'humour.

Cool !

Michael Morpurgo

n° 1331

Pour Robbie, dix ans, la vie est vraiment « cool » !... jusqu'au jour où, victime d'un accident, il sombre dans le coma. Sur son lit d'hôpital, Robbie entend tout, mais il ne peut communiquer. Il vit dans sa tête et continue à espérer. Aidé par ses parents et ses amis, porté par sa passion du foot, il finira miraculeusement par se réveiller. Entre légèreté et gravité, une leçon d'espoir et d'optimisme.

Dan Martin file à l'anglaise

Lorris Murail

n° 1346

Vu mon niveau d'anglais, une visite à Ned, mon correspondant écossais, s'imposait ! Mais me voilà encore embarqué dans une drôle d'affaire : Ned compte sur mon flair légendaire pour retrouver l'or de ses ancêtres, caché dans le manoir familial. Des vacances de tout repos en perspective... Une nouvelle aventure de Dan Martin pour les apprentis détectives au talent sans frontières.

Rêves de foot

Paul Bakolo Ngoi

n° 1347

Dans les rues de Kinshasa, la vie n'est pas facile. Obligé de voler pour manger, Bilia est emprisonné. Mais lors d'un match entre les jeunes détenus et les enfants du quartier, un journaliste remarque ce garçon au talent exceptionnel. Il lui propose de quitter l'Afrique pour tenter de faire carrière en Europe. C'est la chance de sa vie ! Une fabuleuse aventure humaine, ou quand le rêve devient réalité...

Le Prisonnier de pierre
Collectif
n° 1348

En visitant une église isolée, Richard entend une voix étrange qui l'appelle. Elle provient de la tombe d'un jeune chevalier, mort il y a plus de cinq siècles. Richard s'approche, intrigué. Il est bien loin de se douter que ce tombeau sera bientôt sa prison ! Quatre aventures mystérieuses, frissons garantis...

Loveblind
Michel Honaker
n° 1349

Londres, 1884. Un insaisissable criminel sème la terreur dans la haute société en choisissant avec soin ses victimes, qui semblent liées par un inavouable secret. Et si la clé du mystère était entre les mains de Purity, cette délicate jeune fille tant convoitée ? Le récit d'une terrible vengeance dans l'atmosphère envoûtante de la nuit londonienne.

Tom et le gorille

Jeanne Willis

n° 1375

« J'entends, je pense, mais je ne parle pas... Même si je ne parle pas, j'ai des choses à dire. Beaucoup de choses. » Les mots n'arrivent pas à franchir les lèvres de Tom, qui ne peut s'exprimer qu'avec la langue des signes. C'est pour Zanzi, une femelle gorille enfermée dans un zoo, qu'il va réussir à briser le mur du silence. Une leçon de tolérance et d'espoir qui va droit au cœur.

Dan Martin fait son cinéma

Lorris Murail

n° 1376

Scénario de cauchemar pour Dan Martin : chargé d'escorter David Silver-Lepage, jeune prodige du cinéma, le voilà plongé en plein film noir. Son protégé disparaît : odieuse mise en scène ou kidnapping ? Dan Martin va découvrir que, loin des flashs et des caméras, la vie des stars peut rapidement virer au drame. Dans le rôle de l'apprenti détective, Dan Martin crève une nouvelle fois l'écran.

Bêtes de scène

Yves Hugues

n° 1377

On est bien loin de deviner ce qui se passe derrière les caméras lorsqu'on regarde tranquillement un film chez soi. C'est ce que vont découvrir Gaspard et Béline qui assistent au tournage d'une série policière dans un zoo près de chez eux. L'ambiance n'est pas au beau fixe dans l'équipe, et d'inquiétants événements se succèdent qui font craindre le pire. Cocktail de suspens et d'humour, un petit polar comme à la télé !

Les Longs-Museaux

Dick King-Smith

n° 1379

Lasses de voir leurs congénères faire le régal des renards, trois poules, plus futées et plus dégourdies que le commun des gallinacés, décident de déclarer la guerre à leurs ennemis jurés : les longs-museaux. Elles s'entraînent durant des semaines pour constituer une redoutable escadrille anti-goupil ! Une fable cocasse sur des volatiles qui n'ont pas froid aux yeux...

Coups francs

Jean-Noël Blanc - Yves Hughes
Jean-Philippe Arrou-Vignod
Christian Montaignac
Philippe Delerm
n° 1380

Le foot ? C'est tout d'abord un ballon rond, souvent fabriqué par des « petites mains ». Un ballon pour jouer des matchs de légende ou des parties amicales passionnées dans les cours d'école. Un ballon avec lequel des joueurs au talent extraordinaire repoussent les limites du possible, un ballon grâce auquel les rêves les plus fous deviennent parfois réalité. Cinq auteurs, cinq nouvelles... une passion.

Maquette : David Alazraki
Loi n°49-956 du 16 juillet 1949
sur les publications destinées à la jeunesse
ISBN 2-07-057072-X
Numéro d'édition : 135857
Dépôt légal : mai 2005
Imprimé en Espagne
par Novoprint (Barcelone)